Racket au supermarket

W0353075

C'est **toi** le **détective !**

Une collection dirigée par Cédric Ramadier

Retrouvez aussi :

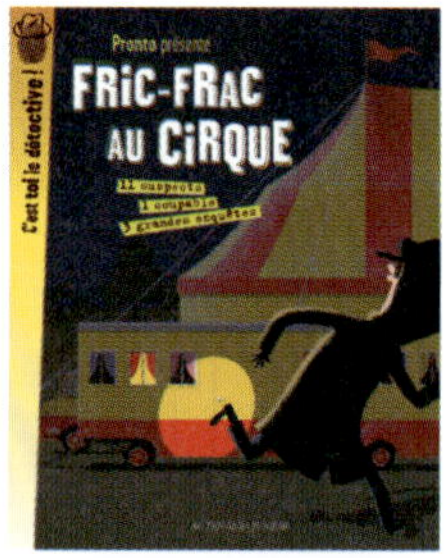

www.actes-sud-junior.fr

© Actes Sud, 2013
ISBN 978-2-330-01923-5

Loi 49-956 du 16 juillet 1949
sur les publications destinées à la jeunesse

Racket au supermarket

3 grandes enquêtes
écrites et dessinées
par **Pronto**

ACTES SUD JUNIOR

CARTE DE FIDÉLITÉ
SAKOUTH
6516 3523 6516 3523

LE RAC

LE SUPERMARCHÉ DOIT SE SUCRER POUR SALER SES NOTES COMME ÇA !

Alors qu'ils pensaient venir profiter des promotions du jour, les clients du supermarché Sakouth de Sedécarcasset ont eu une bien désagréable surprise. À la sortie des caisses, les notes donnaient le tournis : 15 567 euros pour un chariot à peine rempli! Toutes les caisses enregistreuses du magasin ont semble-t-il été trafiquées pendant la nuit et multiplient le prix des articles par 300. Le directeur du supermarché a rapidement été mis hors de cause par la police car il n'a visiblement mis aucun système en place pour récupérer cet argent. L'enquête explore alors plusieurs pistes : la vengeance d'un client mécontent, d'un concurrent jaloux ou tout simplement une très mauvaise farce. Nul doute que les indices recueillis vont permettre de confondre rapidement l'auteur de ce sabotage et que les autorités lui feront enfin payer l'addition!

Il opère à la perc

Surprenante affa qui est arrivée à liste allemand.

Munich, Allemag Hater, un automo a eu le nez cassé surgelée entrée la fenêtre ouver Le blessé, un h dont on ignora rentrait chez lu le projectile raconté, ent ouverte de sa le nez. "Il a e une voiture côté, et res leur au nez (...) et des son aide" parole de de l'Essex sans au beaucou même s de cha de réu dans u

Elle da

Une dés gea ma Pr C d

é envoyé à la fourrière

il y avait un

Photo de reconstitution
ÇA PROMO !

SERVICE

Vincent Gétorix
41 ans
1,72 m
Maçon
130, rue de l'Abbé-Tonière
Dreux
1
Elmer Ritemieux
37 ans
1,70 m
Chauffeur de taxi
59, rue de la Mère-Cédes
Rouen
2
Jeffrey Hinpet
53 ans
1,67 m
Comptable
324, avenue Lady-Sion
Metz
3
Sandra Nicouette
34 ans
1,69 m
Danseuse
290, rue Dulac-Dessigne
Blois
4
Terry Laxe
36 ans
1,80 m
Charcutier
30, rue Jean-Bonblant
Lyon
5
Ava Staire
65 ans
1,63 m
Gardienne d'immeuble
523, rue Kiki-Dit
Marseille
6

Otto Riverse
48 ans
1,79 m
Coiffeur
248, rue Père-Manente
Orléans
7
Rudy Mantaire
43 ans
1,71 m
Cuisinier
182, impasse Moilecel
Bordeaux
8
Hélène Decheval
22 ans
1,74 m
Standardiste
425, rue Al-Locéky
Lille
9
Phil Trahère
40 ans
1,77 m
Facteur
741, rue Bois-Tolètre
Quimper
10
Sally Possucion
49 ans
1,66 m
Maquilleuse
205, rue Duroux-Jalèvre
Montreuil
11
Les suspects

Premier indice

Voici une des caisses enregistreuses détraquées. Pars du chiffre zéro et suis les instructions fournies par la caissière sur le post-it en commençant par la flèche rouge et en naviguant de touche en touche. Le chiffre d'arrivée est contenu dans le numéro de la rue où habite un suspect. Tu peux l'innocenter.

Deuxième indice

Ces quatre tickets de caisse sont conservés par la police comme pièces à conviction. Chacun semble contenir les mêmes articles. Mais, si tu les observes attentivement, tu peux alors retrouver quels articles n'ont été achetés qu'une seule fois. Les premières lettres de ces articles sont contenues dans le nom de la ville où habite un innocent.

Troisième indice

Ces articles se trouvaient dans les paniers des suspects. Répertorie le nom des marques (et non des produits) et compte le nombre de lettres en commun. Note celles que tu retrouves en cinq exemplaires. Elles sont contenues dans le nom de la ville où habite un nouvel innocent.

Quatrième indice

Parmi ces articles, découvre celui qui a été uniquement acheté par un innocent sachant que :

- son emballage n'est pas en métal,
- le produit n'est pas sucré,
- ce n'est pas une bouteille,
- le produit ne contient pas de matières grasses,
- son emballage n'est pas transparent,
- il ne contient pas un célèbre aliment de la cuisine italienne.

Son numéro est le même que le numéro d'un suspect, tu peux l'innocenter.

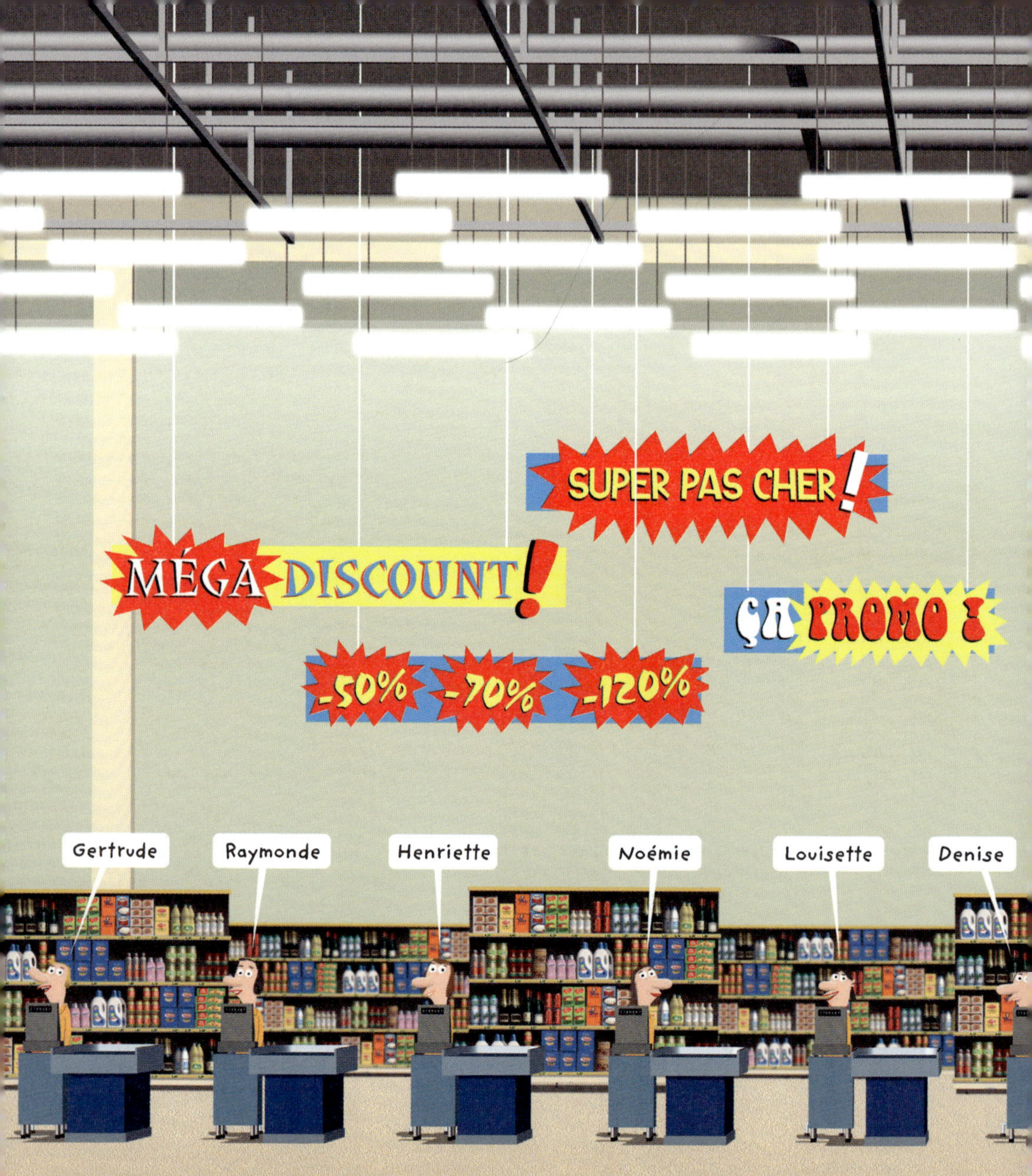

Cinquième indice

Voici les comptes rendus des interrogatoires des suspects. Certains ne semblent pas dire toute la vérité. Analyse les déclarations ci-dessus dans l'ordre et détermine le vrai du faux.

Vincent Gétorix : *« Je suis le plus âgé. »*
Elmer Ritemieux : *« Je ne sais pas conduire. »*
Jeffrey Hinpet : *« Je n'habite pas au bord de la mer. »*
Sandra Nicouette : *« Je ne suis pas la plus petite. »*
Terry Laxe : *« Je ne suis pas végétarien. »*
Ava Staire : *« J'ai déjà vu la mer. »*
Otto Riveurse : *« Je ne suis pas manuel. »*
Rudy Mantaire : *« J'habite dans une région connue pour son vin. »*
Hélène Decheval : *« Je suis la plus jeune. »*
Phil Trahère : *« Je ne suis pas le plus vieux. »*
Sally Possucion : *« Je suis allergique aux produits de beauté. »*

Pars de la caisse de Denise et suis les instructions suivantes :
- Si un suspect dit la vérité, déplace-toi à la caisse à gauche de ta position.
- Si un suspect dit un mensonge, déplace-toi à la caisse à droite.

La première lettre du prénom de la dernière caissière est la même que celle du nom d'un suspect. Tu peux l'innocenter.

Sixième indice

Voici les cartes de fidélité du supermarché utilisées par les suspects. Observe bien les numéros des cartes et, grâce aux informations indiquées sur le tableau d'identification, détermine à qui appartient chaque carte. Celui qui ne possède pas de carte est innocent.

Septième indice

L'interrogatoire de ce témoin clef s'avère compliqué : il y a de la friture sur la ligne. Élimine les grésillements et décrypte ce message afin d'obtenir un renseignement qui te permet d'innocenter un suspect.

Huitième indice

Les codes-barres des produits situés en bas de ces piles ont été déchirés. Il manque les 2 derniers chiffres.
Sachant que les chiffres des codes-barres de chaque pile obéissent à une suite logique, retrouve les chiffres manquants. En les additionnant, tu peux obtenir la taille d'un innocent.

Neuvième indice
Plusieurs témoins oculaires ont vu le coupable quitter le centre technique en courant. Leurs témoignages sont tellement contradictoires qu'ils ont seulement permis d'établir un portrait-robot… à l'envers ! Un seul suspect n'a aucun point commun avec cette image. Il est innocent.

Dixième indice

Voici une reconstitution du tapis de caisse au moment du sabotage. Trouve l'article pour lequel il y a le plus grand nombre d'exemplaires. Ce nombre est le même que le numéro du dernier innocent.

Lait Cheku
Splach
Couci Couça
Oncle Bernard
Tonton
VIN POURSANT
CHAMPAGNE
VEUVE DEGUERRE
BRUT
SACOINCE
VINAIGRETTE
Légère

IDENTIFICATION

Bravo !
Tous les indices récoltés t'ont permis d'innocenter un à un les suspects.
Tu peux maintenant démasquer le coupable du sabotage.

Vincent
Gétorix

Elmer
Ritemieux

Jeffrey
Hinpet

Sandra
Nicouette

Terry
Laxe

Si un indice te résiste et si tu brûles de connaître les **solutions**, retourne le livre et place-toi face à un miroir.

Premier indice : Phil Trahère. Deuxième indice : Sandra Nicouette (salade, beurre). • Troisième indice : Sally Possucion (T, U, R, I). • Quatrième indice : Rudy Mantaire. • Cinquième indice : Jeffrey Hinpet (Henriette). • Sixième indice : Terry Laxe (aucun numéro de carte ne commence par 36 (âge)). • Septième indice : Elmer Ritemieux (« Le coupable fait un métier pour lequel il peut se passer de conduire une voiture. »). • Huitième indice : Hélène Decheval (43 + 48 + 83 = 174). Neuvième indice : Ava Staire. • Dixième indice : Otto Riveurse (plaquette de chocolat).

Le coupable est donc…

Tonton
SARDINES
PÊCHÉES EN LAVABO

IPOM

LEUR PLEIN EST LA GOUTTE QUI FAIT DÉBORDER LE VASE

Rien ne va plus au supermarché Sakouth! Un plaisantin a réussi à mélanger le carburant vendu à la station-service avec de l'huile d'arachide. En repartant, les voitures ont laissé une odeur de friture qui empeste tout le parking et les alentours. Les clients et les voitures ont peu apprecié la nouvelle recette… Reste à savoir qui avait intérêt à transformer les véhicules en friteuses ambulantes! Seule une enquête bien huilée permettra d'explorer toutes les pistes et de recueillir les indices nécessaires à la résolution de cette énigme… malodorante!

Il se croit suivi par la CIA et vole un yacht !

Farid Complète, se croyant poursuivi par la CIA, a été arrêté mardi après avoir tenté de fuir du port de marchandises en volant un … mètres, occasionnant … cinq … petite commune balnéaire, puis finit par monter à bord de l'un d'eux, le *Lady Commandement*. Voyant son curieux manège, des témoins préviennent les gendarmes. Ne possédant pas de permis …, il réussit à grand-peine à … emplacement au …

Photo de reconstitution
ESSENCE
ESSENCE
503 KK 62
305 CQ 84
SAKOUTH
SAKOUTH

HT 10
INNOCENTE
INNOC
SAKOUTH
SAKOUTH

Dick Chuipalat
46 ans
1,69 m
Jardinier
2, rue Dédé-Zerbant
Pau
1
Sandy Conet
36 ans
1,63 m
Bibliothécaire
10, rue Ali-Vrouvair
Roubaix
2
Éric Héraque
42 ans
1,72 m
Éboueur
8, rue Ben-Ahordure
Nancy
3
Ted Hébilouquois
51 ans
1,80 m
Livreur
4, rue Coco-Li
Valence
4
Hilary Golay
28 ans
1,66 m
Sage-femme
6, rue Bibi-Beront
Perpignan
5
Karl Hage
34 ans
1,78 m
Instituteur
9, cours Moyen
Tours
6

Jade Mire
25 ans
1,68 m
Serveuse
3, avenue Nuche
Rennes
7
Ahmed Trente
41 ans
1,75 m
Électricien
7, cours Circuit
Dieppe
8
Jean-Philémon Pule
38 ans
1,79 m
Assureur
5, rue Durand-Boursement
Strasbourg
9
Sandra Géfroit
32 ans
1,71 m
Infirmière
11, rue Ella-Malou
Toulouse
I
10
Max Himome
54 ans
1,76 m
Pharmacien
1, cours Bature
Rodez
11
Les suspects

Premier indice

Une affiche promotionnelle a été retrouvée déchirée devant le supermarché. Trouve combien de morceaux ne font pas partie de l'affiche originale. Ce nombre est le même que le numéro de la rue où habite un innocent.

Deuxième indice

Les caméras de surveillance ont permis d'enregistrer les allées et venues des suspects dans le supermarché. Malheureusement, les images sont défaillantes. Observe chaque écran de contrôle pour retrouver un à un les suspects. Un seul d'entre eux n'était pas présent dans le supermarché au moment des faits. Tu peux l'innocenter.

Troisième indice

Tous les suspects ont profité de leurs courses au supermarché pour acheter une paire de chaussures… sauf un. Retrouve-le, il est innocent.

Quatrième indice

Ces caddies ont été retrouvés à l'entrée des caisses. Analyse leur contenu et détermine quel est le seul article qui se trouve à la fois dans les caddies A et C, qui ne se trouve pas dans le B ni dans le E mais qui est dans le D. Son numéro est le même que celui d'un innocent.

Cinquième indice

Au rayon télévisions, les postes semblent tous diffuser le même programme. Examine-les plus attentivement et retrouve la télévision qui affiche une image différente. Son prix correspond à la taille en centimètres d'un suspect. Tu peux l'innocenter.

Prontomatic
178 €
Prontosonic
166 €
163 €
171 €
168 €
PRONTY
175 €
DOPO

Sixième indice

Voici le catalogue du supermarché. Calcule le prix de chaque article après la remise et classe-les du moins cher au plus cher. Prends la première lettre de chaque produit dans cet ordre et compose le nom d'un indice qui innocente un suspect.

Septième indice

Cette liste de courses a été retrouvée par la police dans le supermarché. Déduis quelles sont les lettres cachées par la moutarde et remets-les dans l'ordre 2 par 2 pour composer le nom d'un indice qui te permet d'innocenter un suspect.

Huitième indice

Voici la pompe à essence qui a été trafiquée. Grâce au témoignage du pompiste, calcule la somme payée par le dernier client. Cette somme correspond à la taille en centimètres d'un innocent.

Neuvième indice

Ce panier a été abandonné par le coupable juste avant le sabotage. Examine attentivement son contenu pour découvrir à quel suspect il ne peut pas appartenir. Tu peux l'innocenter.

Dixième indice

Voici les comptes rendus des interrogatoires des suspects. Certains ne semblent pas dire toute la vérité. Analyse les déclarations ci-contre dans l'ordre et détermine le vrai du faux. Pars de la voiture bleu foncé au centre pour arriver à la voiture où se trouve le dernier innocent.

- Si un suspect dit la vérité, déplace-toi à la voiture à gauche de ta position.
- Si un suspect dit un mensonge, déplace-toi à la voiture à droite.

Dick Chuipalat : *« Je passe mes journées dans un bureau. »*
Sandy Conet : *« Je suis la plus petite. »*
Éric Héraque : *« Je n'habite pas au bord de la mer. »*
Ted Hébilouquois : *« Je ne suis pas le plus grand. »*
Hilary Golay : *« Je ne suis jamais allée dans une maternité. »*
Karl Hage : *« Je ne sais pas lire. »*
Jade Mire : *« J'habite en Alsace. »*
Ahmed Trente : *« Je ne sais pas changer une ampoule. »*
Jean-Philémon Pule : *« Je vais rarement chez le coiffeur. »*
Sandra Géfroit : *« Je ne suis pas la plus vieille. »*

IDENTIFICATION

Bravo !
Tous les indices récoltés t'ont permis d'innocenter un à un les suspects. Tu peux maintenant démasquer le coupable du sabotage.

Dick Chuipalat

Sandy Conet

Éric Héraque

Ted Hébilouquois

Hilary Golay

Si un indice te résiste et si tu brûles de connaître les **solutions**, retourne le livre et place-toi face à un miroir.

Karl Hage — Jade Mire — Ahmed Trente — Jean-Philémon Pule — Sandra Géfroit — Max Himome

Le coupable est donc...

Premier indice : Hilary Golay (6). • **Deuxième indice** : Sandra Géfroit. • **Troisième indice** : Karl Hage. • **Quatrième indice** : Jade Mire. • **Cinquième indice** : Max Himome (Deux vélos sur le toit de la voiture au lieu de trois). • **Sixième indice** : Dick Chuipalat (arrosoir). • **Septième indice** : Ahmed Trente (interrupteur). • **Huitième indice** : Ted Hébiloupuois (81,10 / 105,42 / 52,71 / 180). **Neuvième indice** : Jean-Philémon Pule (spray pour les cheveux). • **Dixième indice** : Éric Hérapue.

DEPUIS AVANT HIER
NOUVEAU
GOÛT
RILLETTES
LE GOÛT UNIQUE D'UN CHOCOLAT
INTENSE EN VÉRITABLES RILLETTES

IN TO

FAIM DE L'HISTOIRE !

Coup de théâtre au supermarché Sakouth !

Le directeur du supermarché Sakouth a été victime d'une bien étrange agression. Jacques Houzy a en effet été retrouvé inanimé au milieu du rayon des conserves par ses employés qui commençaient leur journée. Il a été kidnappé alors qu'il se trouvait seul dans le magasin après la fermeture de l'établissement. Ligoté et maintenu allongé de force par son mystérieux agresseur, le pauvre homme a été gavé telle une oie avec des produits bio : fromages, beurres doux et salés, yaourts au soja, glaces au gingembre, pains aux céréales, biscottes au son et même une boîte de petits pois! Par chance, le directeur ne mange pas comme un oiseau car il aurait déclaré aux policiers à son réveil : «J'ai pu tenir grâce à mon régime alimentaire : je mange une choucroute au petit déjeuner.» Qui pouvait lui en vouloir à ce point? Il ne fait aucun doute que le coupable se cache parmi les derniers employés ayant quitté le magasin. L'enquête s'annonce difficile mais les nombreux indices déjà découverts permettront certainement d'arrêter le coupable et de le mettre sans tarder au régime sec!

Il s'introduit dan appartement et une dinde dans congélateur

Mardi dernier, vers 2
homme fait irruption
partement d'une fam
pare de la dinde qui
dans le congélateur
Ce vol spectaculair
sous les yeux ahuri
res, une mère et s
La police a cepen
qu'ils n'auraient s
agression physiq
La mère aurait p
affirmé connaît
police recherch
viron 1 mètre 8
pesant approx
kilos.

Deux se gri marq indél

Deux jeu l'idée de tre indél pas être

David Vi
Sam Har
essayé d
apparte
C'est u
d'effra
police
C'est
deux
ont
le vi
lébi
tém
me
in

Une octogénaire essaye de semer les gendarmes après avoir été flashée

Âgée de 81 ans, Thérèse Honable était au volant de sa puissante Frégate lorsqu'elle a été flashée, roulant à plus de 30 km/h au-dessus de la vitesse légale. Après ... mer les gendar-

Photo de reconstitution
PROMO !
-120%
SUPER PAS CHER !
PIPO

-50%
MÉGA DISCOUNT !
STOP AFFAIRE !
1 ACHETÉ 3 PAYÉS !

Raquel Sonjoly
24 ans
1,63 m
Caissière
10, rue Descarte-Defidélité
Le Havre
1
Milo Musikplufor
41 ans
1,82 m
Chef du rayon bricolage
9, rue Dédé-Gripant
Tours
2
Colin Timbre
46 ans
1,79 m
Chef du rayon surgelés
29, rue Séraphin-Dusse
Nancy
3
Iris Kerien
30 ans
1,67 m
Responsable du rayon livres
31, rue du Chat-Pitre
Rodez
4
Lazare Fébienléchoz
45 ans
1,80 m
Chef du rayon poissonnerie
13, rue Fifi-Lédemerlan
Brest
5
Rudy Moitout
37 ans
1,75 m
Chef du rayon boucherie
14, rue Rose-Biffe
Calais
6

Jean Nebzoin
50 ans
1,72 m
Chef du rayon fruits et légumes
30, rue Descarte-Sézon
Cannes
7
Ashley Zognon
36 ans
1,65 m
Vendeuse au rayon charcuterie
33, rue Sophie-Son
Besançon
8
Jim Hitsarko
39 ans
1,73 m
Responsable boulangerie
32, rue Abbé-Gnais
Toulouse
9
Heinrich Hanvitamine
52 ans
1,78 m
Chef du rayon produits laitiers
16, rue Henri-Haulet
Strasbourg
10
Elmer Rapeltamère
27 ans
1,71 m
Chef du rayon jardinerie
15, rue Rambo-Tage
Clermont-Ferrand
11
Les suspects

Premier indice

Cette palette de paquets de pâtes a été retrouvée incomplète dans l'entrepôt du supermarché. Sachant qu'à l'origine ces paquets formaient un cube parfait, détermine combien il manque de paquets. Le nombre que tu obtiens est identique au numéro de la rue où habite un innocent.

Deuxième indice

Ces produits ont été saisis dans les paniers des suspects. Détermine le poids de chaque article grâce aux informations ci-dessous :

- le poisson pèse 312 grammes,
- le sac de pommes est deux fois plus lourd que le poisson,
- le poids d'une banane est obtenu en soustrayant un tiers du poids des pommes à celui du poisson,
- l'orange pèse la moitié du poids de la banane. Ce nombre est le même que l'âge d'un suspect. Tu peux l'innocenter.

Troisième indice

La scène du crime a été minutieusement passée au peigne fin. En analysant au microscope les particules découvertes, tu peux relier chacune d'entre elles à un suspect. Celui qui n'a laissé aucune trace est forcément innocent.

Quatrième indice

Ce carton de livraison a été retrouvé dans le supermarché. Note le nom des articles qu'il contient et trouve la seule lettre qu'ils ont en commun. Elle est contenue dans le nom de la ville où habite un suspect. Il est innocent.

12
13
16
17
19
20
44
45
46
47
48
49
50
51
52
76
77
78
79
80
81
82
83
84
SORTIE

Cinquième indice

Les caméras de surveillance du parking ont permis de reconstituer les déplacements des voitures des suspects. En tenant compte uniquement des flèches aux deux extrémités identiques, découvre les lettres cachées dans cette image. Compose alors le nom d'un indice qui te permet d'innocenter un suspect.

Sixième indice

Ces cartons ont été retrouvés à plat près du rayon surgelés. Observe-les soigneusement et détermine ceux qui sont identiques au carton monté. Leurs numéros sont contenus dans l'âge d'un nouvel innocent.

Septième indice

Deux camions de livraison ont été retrouvés sur le parking du supermarché. Observe-les attentivement et découvre le nombre de différences entre les deux. Ce nombre est le même que le numéro de la rue où habite un innocent.

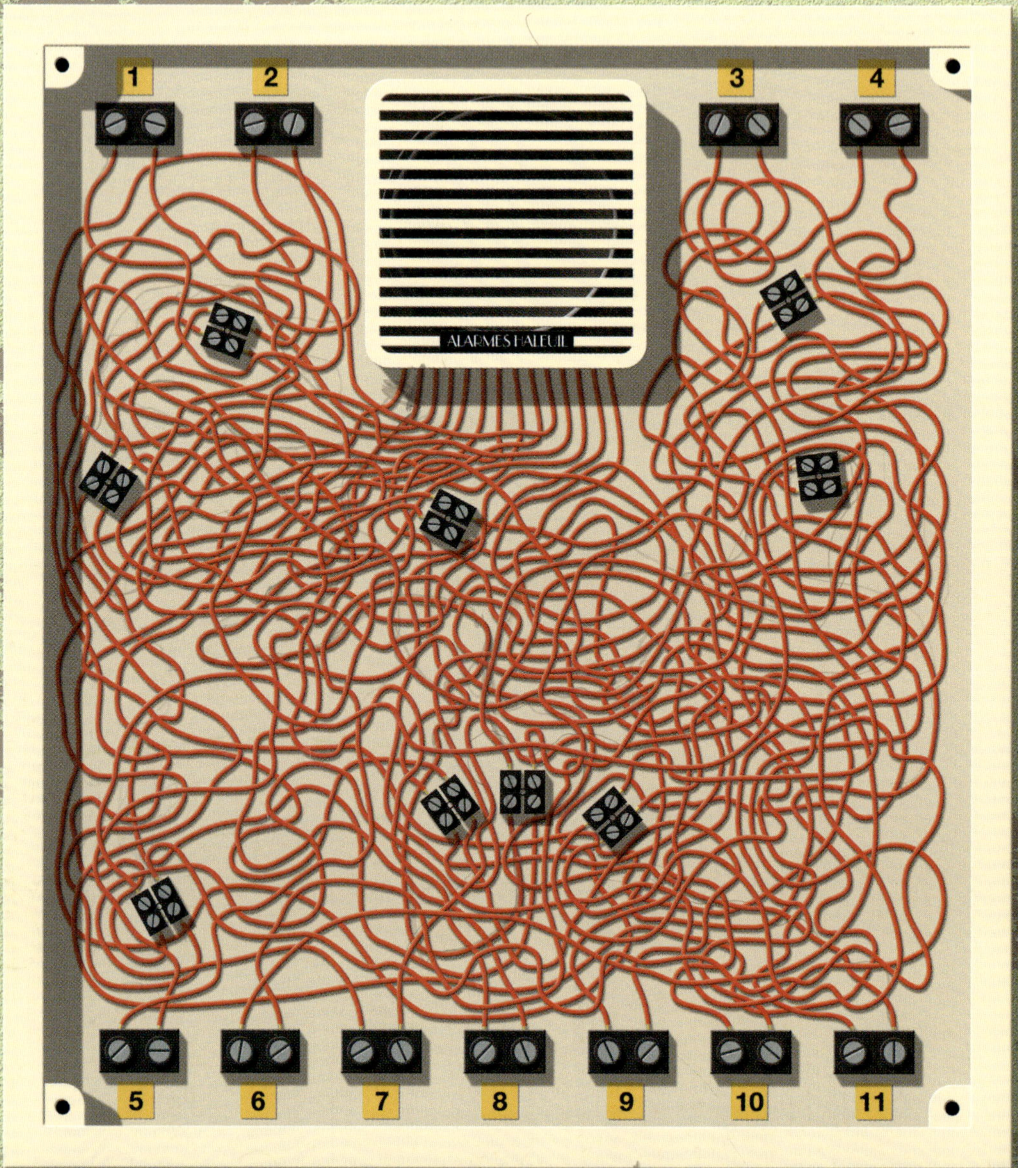

Huitième indice

Pour être tranquille, le coupable a pris soin de saboter le système d'alarme du magasin. Trouve quelles bornes numérotées ne sont plus reliées au haut-parleur. Note leur numéro et additionne-les. Tu obtiens ainsi l'âge d'un innocent.

Neuvième indice

Cette boîte de petits pois a été utilisée pour gaver le directeur. Relie de 1 à 37 les petits pois qui ont un numéro. Le dessin que tu vois apparaître alors te permet d'innocenter un suspect.

Dixième indice

Voici les comptes rendus des interrogatoires des suspects. Certains ne semblent pas dire toute la vérité. Analyse les déclarations ci-contre et détermine le vrai du faux. Si un suspect dit la vérité, retrouve l'article correspondant au numéro de la question et note son prix. Fais la somme des montants que tu as notés. Les chiffres obtenus sont les mêmes que ceux de la taille d'un innocent.

1. **Raquel Sonjoly :** *« Je suis la plus jeune. »*
2. **Milo Musikplufor :** *« Je n'habite pas au bord de la mer. »*
3. **Colin Timbre :** *« Je ne supporte pas le froid. »*
4. **Iris Kerien :** *« Je ne sais pas lire. »*
5. **Lazare Fébienléchoz :** *« J'habite loin de la montagne. »*
6. **Rudy Moitout :** *« Je suis végétarien. »*
7. **Jean Nebzoin :** *« Je ne suis pas le plus vieux. »*
8. **Ashley Zognon :** *« J'habite une grande métropole. »*
9. **Jim Hitsarko :** *« Je suis allergique à la farine. »*
10. **Elmer Rapeltamère :** *« Je ne suis pas le plus grand. »*

IDENTIFICATION

Bravo !
Tous les indices récoltés t'ont permis d'innocenter un à un les suspects.
Tu peux maintenant démasquer le coupable de l'agression.

Raquel Sonjoly

Milo Musikplufor

Colin Timbre

Iris Kerien

Lazare Fébienléchoz

Si un indice te résiste et si tu brûles de connaître les **solutions**, retourne le livre et place-toi face à un miroir.

Premier indice : Iris Kerien. • **Deuxième indice** : Heinrich Hanvitamine (624 / 104 / 52). **Troisième indice** : Milo Musikplufor. • **Quatrième indice** : Rudy Moitout (i, Calais). • **Cinquième indice** : Lazare Fébienléchoz (montre). • **Sixième indice** : Ashley Zognon (3, 6). • **Septième indice** : Elmer Rapeltamère. • **Huitième indice** : Raquel Sonjoly (3 + 5 + 6 + 10 = 24). • **Neuvième indice** : Jean Nebzoin (lunettes). • **Dixième indice** : Colin Timbre (vérité : 1, 2, 5, 7, 10).

Le coupable est donc...

Reproduit et achevé d'imprimer en avril 2013 par CPI Aubin Imprimeur à Ligugé
pour le compte des éditions ACTES SUD, Le Méjan, Place Nina-Berberova 13200 Arles
Dépôt légal 1re édition : juin 2013